L'homme qui rit

FichesdeLecture.com

L'homme qui rit
(Fiche de lecture)

I. INTRODUCTION

L'homme qui rit est un roman très peu connu par rapport aux *Misérables* ou à *Notre-Dame de Paris*. Cependant, plusieurs critiques le considèrent comme un des meilleurs de Victor Hugo. Très foisonnant, ce roman condense plusieurs thèmes hugoliens comme la monstruosité, la rage de l'océan, les saltimbanques et l'exclusion sociale.

Cet ouvrage a été écrit entre 1866 et 1868. Il a été publié simultanément à Paris et à Bruxelles. À l'époque, il a suscité beaucoup d'incompréhension de la part des contemporains de Victor Hugo.

Ce roman a été adapté librement en bande dessinée en 2007 par Jean-David Morvan et Nicolas Delestret. Le personnage de Gwynplaine aurait également inspiré le faciès tragi-comique du Joker, personnage célèbre de la bande dessinée *Batman*, telle qu'il est représenté dans l'adaptation cinématographique de Paul Leni (1928).

II. RÉSUMÉ DE L'ŒUVRE

Ursus, un vagabond accompagné d'un loup domestique baptisé Homo, voyage à travers l'Angleterre de la fin du XVIIe siècle. Il harangue les foules et vend des potions. Un soir, ils recueillent un garçon de dix ans, Gwynplaine, et un bébé aveugle, Déa. Le jeune garçon a été abandonné par des Comprachicos, des kidnappeurs spécialisés dans le trafic de divertissement et d'enfants. Il porte une cicatrice qui lui traverse entièrement le visage d'où le surnom d' « homme qui rit ».

Quinze ans plus tard, sous le règne de la reine Anne, Ursus a monté une troupe de théâtre avec Gwynplaine et Déa, qui est désormais une belle jeune fille de seize ans. Les deux jeunes gens sont fortement liés l'un à l'autre. Tous les trois vivent heureux. Durant l'hiver 1704-1705, ils arrivent à Londres où ils jouent leur pièce, *Chaos Vaincu*. Un jour, la belle Josiane, sœur de la reine Anne et épouse de David Dirry-Moir, que l'on pense unique héritier de Lord Linnaeus Clancharlie, vient assister à la pièce. Amusée par la laideur de Gwynplaine, elle lui donne rendez-vous. Après quelques hésitations, Gwynplaine décide de ne pas aller voir la princesse et de rester avec Déa. Il commence également à élever la voix contre le pouvoir, ce qui inquiète Ursus.

Arrive un jour Wapentake, un serviteur de la couronne qui, par le simple toucher, contraint qui que ce soit à le suivre. Il vient chercher Gwynplaine qui s'enfuit sans pouvoir prévenir Ursus. Le vieil homme croit son ami mort. Il décide de tromper Déa en lui faisant croire, grâce à son don de ventriloque, que le jeune homme est toujours présent. Mais Déa sent par son cœur l'absence de son ami.

Gwynplaine est emmené dans une prison souterraine où il se trouve face à un de ses kidnappeurs. Il apprend ainsi la vérité sur son enlèvement : son nom véritable et Fermain Clancharlie, fils légitime et véritable héritier de Lord Linnaeus Clancharlie. Sous le choc de cette révélation, Gwynplaine s'évanouit. Il se réveille en tenue de seigneur dans une immense demeure. Barkilphedro, serviteur de Josiane, lui apprend qu'il est désormais Lord et doit siéger à la chambre des Lords. La séance est catastrophique. Gwynplaine tente d'apostropher les Lords sur leur indécence et de défendre la cause des misérables, mais les Grands du royaume rient de sa performance et l'appellent clown, « homme qui rit », comédien et bouffon.

Gwynplaine renonce finalement à son titre et retourne vivre auprès d'Ursus et de Déa qui ont, entretemps, été enjoints à quitter l'Angleterre sous peine d'être emprisonnés et Homo tué. Ils embarquent donc pour le continent. Pendant qu'Ursus s'est assoupi, Déa déclare enfin son amour à Gwynplaine et retrouve la vue, mais elle meurt soudainement et sans explication. À la fin du livre, Homo a le museau penché vers la mer, indiquant que Gwynplaine s'est jeté par-dessus bord et noyé.

III. PRÉSENTATION DES PERSONNAGES PRINCIPAUX

Gwynplaine

Gwynplaine est le personnage principal du roman. Fils légitime de Lord Linnaeus Clancharlie, il est enlevé et défiguré par des Comprachicos. Abandonné sur une plage, il trouve refuge chez Ursus avec lequel il va vivre quinze années heureuses avant de se faire emprisonner. En prison, il découvre le secret de son identité et retrouve ses droits de Lord. Mais déçu par la noblesse anglaise, il renonce à ses droits et retourne vivre auprès d'Ursus et de Déa, la femme qu'il aime. Quand cette dernière meurt, il se suicide.

Déa

Déa a été trouvée alors qu'elle n'était qu'un bébé par Gwynplaine. Malgré son handicap (elle est aveugle), Déa symbolise la lumière car elle conduit Gwynplaine sur le chemin du bonheur. Quand enfin elle avoue ses sentiments amoureux à son ami, elle meurt de façon soudaine, sans explication.

Ursus et Homo

Ursus est un vagabond philosophe. Il porte une peau d'ours, d'où son nom (*ursus* signifie « ours » en latin). De village en village, il harangue les foules et organise des pièces de pantomime. Il recueille Gwynplaine et Déa, devenant une sorte de père par substitution pour eux. Il est continuellement accompagné de son loup domestique, Homo (« homme » en latin). Il est considéré par plusieurs critiques comme le plus fantasque des personnages de Victor Hugo. Il monologue sans cesse, dit les antithèses de sa pensée, est doué de tous les dons (dont celui du ventriloque), il sait tout et sait chanter de plusieurs voix.

Josiane

Josiane est la sœur de la reine Anne d'Angleterre. Belle et inconsciente, elle a épousé David Dirry-Moir, fils illégitime et seul héritier semble-t-il au début de Lord Linnaeus Clancharlie. Amusée par la laideur de Gwynplaine, elle tente de le charmer. Mais lorsque ce dernier est reconnu comme seul héritier de Lord Linnaeus Clancharlie et que la reine Anne ordonne le mariage de sa sœur avec lui, Josiane refuse de l'accepter en tant que mari.

IV. AXES DE LECTURE

Un texte dénonciatif

Victor Hugo semble avoir toujours été sensible à la misère et aux inégalités sociales de son époque. Cela le conduisit notamment à écrire *Les Misérables*.

Opposition des personnages

Dans *L'homme qui rit*, il est intéressant de voir l'opposition des personnages : Ursus, Déa et Gwynplaine sont des gens du peuple, des miséreux. Or, Victor Hugo en a fait les symboles vivants de la lumière et du bien. Ils sont opposés à l'aristocratie anglaise. Celle-ci apparaît clairement du côté de l'ombre et du mal. Cela peut notamment être exemplifié par l'opposition des deux personnages féminins majeurs : Déa et Josiane. Toutes les deux sont dites très belles. Alors que Déa porte un amour chaste et sincère pour Gwynplaine, Josiane est décrite comme perverse et matérielle.

Peinture particulière à effet généralisant

Victor Hugo donne à son roman une grande vraisemblance. Il dépeint aux lecteurs la société anglaise au début du XVIIe siècle. Mais cette société particulière qui est décrite peut être assimilée à toute société humaine : sa peinture est assez générale pour que le lecteur de son époque mette en parallèle les inégalités, l'exploitation et la perversion de cette société avec la société française du Second Empire. Cette technique lui permet de critiquer sans risque les inégalités françaises.

Un texte justifiant la Révolution française ?

L'Angleterre n'apparaît pas comme une nation libre, mais comme une terre où survit le système féodal. C'est par le discours de Gwynplaine devant la Chambre des Lords que Victor Hugo critique ouvertement le système social français de son époque. Ce discours est important, de même que les rires qui s'ensuivent. Certains critiques pensent y voir les prémices de la Révolution française : les nobles ne comprennent pas les discours d'égalité et d'équité et refusent de se remettre en question. Si les arguments pacifistes demeurent vains, que reste-t-il ? Le roman semble se faire critique sociale justifiant la Révolution.

Il faut également noter que Victor Hugo n'épargne pas le peuple. Celui-ci apparaît comme passif, préférant rire et se soumettre que de se rendre compte de l'injustice et de combattre pour sa liberté.

Gwynplaine, personnage duel

Gwynplaine est définissable par sa dualité. Il est à la fois saltimbanque et Lord. Il est déchiré entre la tentation de la chair (Josiane) et l'appel de l'idéal (Déa). Il a une âme sublime dans un corps grotesquement laid.

Cette dualité est importante car elle le rend plus humain, moins parfait. Mais elle est surtout importante car elle permet à Victor Hugo de prolonger discrètement sa critique de la noblesse. En effet, Gwynplaine a vécu toute sa jeune vie comme un miséreux. Alors qu'il a la possibilité de devenir un Lords et d'hériter de son riche père, il décide de renoncer à tout cela parce qu'il ne comprend pas le monde duquel il est issu. Il pose un choix libre et réfléchi. Il refuse d'être privilégié par la vie s'il doit se comporter comme les Lords qui l'entourent. Il préfère une vie de misère, mais sincère et juste à une vie de luxure et d'hypocrisie.

Dans la même collection en numérique

Les Misérables

Le messager d'Athènes

Candide

L'Etranger

Rhinocéros

Antigone

Le père Goriot

La Peste

Balzac et la petite tailleuse chinoise

Le Roi Arthur

L'Avare

Pierre et Jean

L'Homme qui a séduit le soleil

Alcools

L'Affaire Caïus

La gloire de mon père

L'Ordinatueur

Le médecin malgré lui

La rivière à l'envers - Tomek

Le Journal d'Anne Frank

Le monde perdu

Le royaume de Kensuké

Un Sac De Billes

Baby-sitter blues

Le fantôme de maître Guillemin

Trois contes

Kamo, l'agence Babel

Le Garçon en pyjama rayé

Les Contemplations

Escadrille 80

Inconnu à cette adresse

La controverse de Valladolid

Les Vilains petits canards

Une partie de campagne

Cahier d'un retour au pays natal

Dora Bruder

L'Enfant et la rivière

Moderato Cantabile

Alice au pays des merveilles

Le faucon déniché

Une vie

Chronique des Indiens Guayaki

Je voudrais que quelqu'un m'attende quelque part

La nuit de Valognes

Œdipe

Disparition Programmée

Education européenne

L'auberge rouge

L'Illiade

Le voyage de Monsieur Perrichon

Lucrèce Borgia

Paul et Virginie

Ursule Mirouët

Discours sur les fondements de l'inégalité

L'adversaire

La petite Fadette

La prochaine fois

Le blé en herbe

Le Mystère de la Chambre Jaune

Les Hauts des Hurlevent

Les perses

Mondo et autres histoires

Vingt mille lieues sous les mers

99 francs

Arria Marcella

Chante Luna

Emile, ou de l'éducation
Histoires extraordinaires
L'homme invisible
La bibliothécaire
La cicatrice
La croix des pauvres
La fille du capitaine
Le Crime de l'Orient-Express
Le Faucon malté
Le hussard sur le toit
Le Livre dont vous êtes la victime
Les cinq écus de Bretagne
No pasarán, le jeu
Quand j'avais cinq ans je m'ai tué
Si tu veux être mon amie
Tristan et Iseult
Une bouteille dans la mer de Gaza
Cent ans de solitude
Contes à l'envers
Contes et nouvelles en vers
Dalva
Jean de Florette
L'homme qui voulait être heureux
L'île mystérieuse
La Dame aux camélias
La petite sirène
La planète des singes
La Religieuse
1984 A l'Ouest rien de nouveau
Aliocha
Andromaque
Au bonheur des dames
Bel ami
Bérénice
Caligula
Cannibale
Carmen

Chronique d'une mort annoncée

Contes des frères Grimm

Cyrano de Bergerac

Des souris et des hommes

Deux ans de vacances

Dom Juan

Electre

En attendant Godot

Enfance

Eugénie Grandet

Fahrenheit 451

Fin de partie

Frankenstein

Gargantua

Germinal

Hamlet

Horace

Huis Clos

Jacques le fataliste

Jane Eyre

Knock

L'homme qui rit

La Bête humaine

La Cantatrice Chauve

La chartreuse de Parme

La cousine Bette

La Curée

La Farce de Maitre Pathelin

La ferme des animaux

La guerre de Troie n'aura pas lieu

La leçon

La Machine Infernale

La métamorphose

La mort du roi Tsongor

La nuit des temps

La nuit du renard

La Parure

La peau de chagrin

La Petite Fille de Monsieur Linh

La Photo qui tue

La Plage d'Ostende

La princesse de Clèves

La promesse de l'aube

La Vénus d'Ille

La vie devant soi

L'alchimiste

L'Amant

L'Ami retrouvé

L'appel de la forêt

L'assassin habite au 21

L'assommoir

L'attentat

L'attrape-coeurs

Le Bal

Le Barbier de Séville

Le Bourgeois Gentilhomme

Le Capitaine Fracasse

Le chat noir

Le chien des Baskerville

Le Cid

Le Colonel Chabert

Le Comte de Monte-Cristo

Le dernier jour d'un condamné

Le diable au corps

Le Grand Meaulnes

Le Grand Troupeau

Le Horla

Le jeu de l'amour et du hasard

Le Joueur d'échecs

Le Lion

Le liseur

Le malade imaginaire

Le Mariage de Figaro

Le meilleur des mondes

Le Monde comme il va

Le Parfum

Le Passeur

Le Petit Prince

Le pianiste

Le Prince

Le Roman de la momie

Le Roman de Renart

Le Rouge et le Noir

Le Soleil des Scortas

Le Tartuffe

Le vieux qui lisait des romans d'amour

L'Ecole des Femmes

L'Ecume Des Jours

Les Bonnes

Les Caprices de Marianne

Les cerfs-volants de Kaboul

Les contes de la Bécasse

Les dix petits nègres

Les femmes savantes

Les fourberies de Scapin

Les Justes

Les Lettres Persanes

Les liaisons dangereuses

Les Métamorphoses

Les Mouches

Les Trois mousquetaires

L'étrange cas du Dr Jekyll et de Mr Hyde

L'Ile Au Trésor

L'île des esclaves

L'illusion comique

L'Ingénu

L'Odyssée

L'Ombre du vent

Lorenzaccio

Madame Bovary

Manon Lescaut

Micromégas

Mon ami Frédéric

Mon bel oranger

Nana

Ne tirez pas sur l'oiseau moqueur

Notre-Dame de Paris

Oliver twist

On ne badine pas avec l'amour

Oscar et la dame rose

Pantagruel

Le Misanthrope

Perceval ou le conte du Graal

Phèdre

Ravage

Roméo et Juliette

Ruy Blas

Sa Majesté des Mouches

Si c'est un homme

Stupeur et tremblements

Supplément au voyage de Bougainville

Tanguy

Thérèse Desqueyroux

Thérèse Raquin

Ubu Roi

Un Barrage contre le Pacifique

Un long dimanche de fiançailles

Un secret

Vendredi ou la vie sauvage

Vipère au poing

Voyage au bout de la nuit

Voyage au centre de la terre

Yvain ou le Chevalier au lion

Zadig

À propos de la collection

La série FichesdeLecture.com offre des contenus éducatifs aux étudiants et aux professeurs tels que : des résumés, des analyses littéraires, des questionnaires et des commentaires sur la littérature moderne et classique. Nos documents sont prévus comme des compléments à la lecture des oeuvres originales et aide les étudiants à comprendre la littérature.

Fondé en 2001, notre site FichesdeLectures.com s'est développé très rapidement et propose désormais plus de 2500 documents directement téléchargeables en ligne, devenant ainsi le premier site d'analyses littéraires en ligne de langue française.

FichesdeLecture est partenaire du Ministère de l'Education du Luxembourg depuis 2009.

Plus d'informations sur www.fichesdelecture.com

Notes :